FEUX FOLLETS

POÉSIES

D'INTIME ET PIEUX SOUVENIR

PAR

Auguste CRÈS

PASTEUR A VALLON, PRÉSIDENT DU CONSISTOIRE

SUIVIES D'UN APPENDICE

> J'ai médité longtemps, assis sur les tombeaux,
> Non pas pour y chercher, dans ma mélancolie,
> Le secret de la mort, mais celui de la vie.
> DELILLE, *L'Imagination*, ch. VII.

CE RECUEIL

SE VEND AU PROFIT D'UNE ŒUVRE LOCALE

1864

FEUX FOLLETS

POÉSIES D'INTIME ET PIEUX SOUVENIR

Uzès. — Imprimerie de H. Malige.

FEUX FOLLETS

POÉSIES

D'INTIME ET PIEUX SOUVENIR

PAR

Auguste CRÈS

PASTEUR A VALLON

J'ai médité longtemps, assis sur les tombeaux,
Non pas pour y chercher, dans ma mélancolie,
Le secret de la mort, mais celui de la vie.
DELILLE, *L'Imagination*, ch. VII.

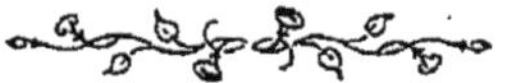

CE RECUEIL

SE VEND AU PROFIT D'UNE ŒUVRE LOCALE

—

1864

A LA MÉMOIRE

DE

Guillaume-Auguste SCHWALB

PASTEUR A SCHWEIGHAUSEN, AUMONIER A L'ARMÉE D'ITALIE

Mort au Port (près Vallon), le 14 juillet 1860

Meminisse juvabit.

PROLOGUE

—

A MES VERS

On dit qu'aux ténèbres tombantes
L'on voit s'élever des marais,
Comme autant de gais farfadets,
Mille vapeurs phosphorescentes,
Que l'on nomme des *feux follets*.

Ils brillent tous les soirs à l'ombre,
Surtout dans les champs de repos ;
Et scintillant sur des tombeaux,
Ils rendent cette nuit moins sombre,
Qui règne sous les arbrisseaux.

Mais que peut, à parler sans voile,
Auprès de l'astre éblouissant,
Cet humble feu disparaissant?
N'est-il pas ce qu'est à l'étoile
L'imperceptible ver luisant?

N'importe! allez, je vous hasarde,
Et dût votre lueur finir,
Partez, mes vers, sans revenir!
Trouvez un ami qui vous garde,
Feux follets de mon souvenir!

                        Vallon, le 21 juin 1864.

CHANT D'UN NAUFRAGÉ

PREMIÈRE ÉLÉGIE D'OUTRE-TOMBE

A G.-AD. SCHWALB, MON EXCELLENT AMI

A SA FAMILLE

A l'occasion d'un second anniversaire

I

LE NAUFRAGE

Comme un esquif brisé sur la plage inconnue,
Dont la voile a lassé le vent,
Disparaît sous l'effort de la tourmente, issue
Des profondeurs de l'Océan ;

Ainsi, parti des bords qu'en sa longue carrière
    Arrose le Rhin au flot bleu,
Libre, je m'enrôlai sous la libre bannière
    De Jésus, l'humble Fils de Dieu [1].

Puis, las de dépenser dans l'obscur presbytère
    Ma dévorante activité,
Je briguai la faveur d'un second ministère
    Près du soldat déshérité.

Quittant patrie, amis, frères, parents, famille,
    Leur disant à tous mon adieu,
Comme un autre Abraham dont au front la foi brille,
    Je m'éloignai, changeant de lieu [2].

Et j'entendis tonner les clameurs des batailles,
    Du Tessin à Solférino,
Et j'affrontai sans peur l'aspect des funérailles
    Sur les rives du Mincio.

[1] Mathieu, XI, 29.
[2] Genèse, XII, 1.

Tu me vis dans ton sein, ô riante Italie,
Mais trop poétique séjour,
Disputer, saint athlète, une âme à l'agonie,
Cet impérissable vautour.

Partout, où sous la sombre étreinte de l'angoisse
Râlait un frère se mourant,
J'étais là, prodiguant, comme dans ma paroisse,
L'Evangile, seul consolant [1].

Rien ne m'était fardeau, ni péril, ni fatigue,
Mon cœur brûlant de charité.
Le Ciel semblait m'avoir protégé d'une digue
Contre les flots d'adversité.

Et pourtant que ta voie est incompréhensible !
Qu'elle est insondable, ô Dieu fort [2] !
Quand l'amitié m'ouvrait son foyer si paisible,
Hélas ! j'ai fait naufrage *au port !*

[1] Mathieu, v. 4.
[2] Rom., XI, 33.

Et deux ans sont passés, depuis qu'un peu de terre
(A ces soins fraternels merci !)
Pour un temps sous la tombe enferma ma poussière.
Depuis deux ans je dors ici !

———

II

LA PLAINTE

Donnez leur funèbre demeure
A mes os d'ennui consumés.
Ne souffrez pas qu'une ombre pleure,
Attendant cette suprême heure !
Rendez-la lui, vous qui l'aimez.

Hâtez-vous de troubler ma cendre
Que respectent trop vos loisirs.
L'oubli, si prompt à tout suspendre,
Serpent qui veille et sait surprendre,
Etoufferait-il mes soupirs?

Non, non. Mes vœux et ma prière,
Portés dans des calices d'or
Avec l'encens du sanctuaire [1],
Ne sont pas perdus pour la terre
Qui les recueille en un trésor.

Vous mettrez un terme aux alarmes
Qui soulèvent les cœurs pieux
D'un père, d'une mère en larmes,
Dont la vie est veuve de charmes
Et que le ciel seul rend heureux.

Ils sauront qu'au champ mortuaire
S'élève sous le vert rameau

[1] Apoc., v. 8.

Un monument d'amour sincère,
Conçu selon le goût d'un frère [1],
Hommage au Vainqueur du tombeau [2];

Que la paix règne sur ma tête;
Qu'un vent de révolution,
Grondant comme un bruit de tempête,
Glas lugubre dans une fête,
Ne saurait atteindre mon front;

Qu'ainsi, dans mon dernier asile,
A l'ombre épaisse des cyprès,
Sous le lourd manteau de l'argile,
Au chant du plaintif volatile,
Mes restes gisent satisfaits....

---

[1] Les dessins du monument à élever sont de M. G.-Ad. Schwalb,
peintre à Strasbourg.
[2] II. Tim., I. 10.

III

EN DIEU

In Deo vivimus.

Au *corps* tiré de poudre, au vermisseau de terre,
Une prison de poudre [1], un linceul pour suaire,
    Et le zèle d'amis pieux,
    Tels qu'un Joseph d'Arimathée [2],
    Une Magdeleine attristée [3]...
    Tandis que *l'esprit* plane au Cieux [4],
    Comme une scintillante étoile [5],
    Qui se mire en des lacs d'argent,
    Sous la transparence du voile,
    Est suspendue au firmament.

[1] Eccl., III, 20.
[2] Math., XXVII, 57.
[3] Matt., XXVII, 61.
[4] Eccl., XII, 9.
[5] Daniel, XII, 3.

Il savoure sans fin la sublime harmonie.
Il épuise à longs traits l'effusion bénie
    De l'éternelle vérité.
    Rayon divin, lumière ardente [1],
    Au foyer même il s'alimente ;
    Vivre en Dieu, c'est sa volupté [2].
    Touchant accord ! Telles deux lyres,
    Qui vibrent sous d'agiles doigts,
    Confondent leurs chastes délires,
    En mariant leurs pures voix.

Plus d'attente à subir : la foi se change en vue [3].
En accents prolongés l'extase continue ;
    Plus de travail et plus de deuil [4],
    Mais un bonheur intarissable [5],
    Une allégresse délectable,
    Du paradis marquent le seuil.
    Plus d'énigme ! plus de mystère !
    Le septième sceau s'est ouvert [6] ;

[1] Prov., XX, 27.
[2] Hab., II, 4.
[3] I. Cor., XIII, 12.
[4] Apoc., XXI, 4.
[5] Ps. XVI, 11.
[6] Apoc., VIII, 1.

L'enfant, sous les yeux de son père,
Du soleil est mis à couvert [1].

Telle au Ciel le Seigneur fixa ma destinée...
Pendant que pour le *corps* passe lente une année,
    Pour *l'âme* en sa félicité,
    Torrent que toujours renouvelle
    La compassion paternelle [2],
    Se déroule l'Eternité.
    Le cœur est inondé de grâce;
    L'esprit, de science et de paix [3];
    Contempler du Seigneur la face,
    C'est dire : « Je vois ; je connais » [4].

Mon luth ne se tait point; mais aux chants des saints anges,
Aux chœurs des chérubins, aux concerts des archanges,
    Il mêle son alléluia,
    Pour magnifier la victoire
    De l'Agneau mort, digne de gloire

[1] Apoc., VII, 16.
[2] Lamentat., III, 23.
[3] Ps. LXIII, 6.
[4] I. Cor., XIII, 12.

Parce qu'il nous sanctifia [1].
Chantre à l'autel de délivrance,
Du temple auguste serviteur,
Près du trône de sa puissance,
J'entonne un hymne au Créateur [2].

Pour comble de bienfaits, la céleste couronne [3]
Resplendit à mon front que l'éclat environne [4]...
Frères, ne pleurez point sur moi [5].
Combattez en un siècle avide [6],
Prenant Christ pour chef et pour guide [7],
L'austère combat de la foi [8],
Afin que, dans le cimetière,
Au lieu désigné par vos vœux,
Ces mots soient gravés sur la pierre :
« Ici reposent... des heureux [9]. »

Vallon, le 10 juillet 1862.

[1] Apoc., V, 6-13.
[2] Apoc., VII, 13-17.
[3] 2 Timoth., IV, 8.
[4] Apoc., II, 10.
[5] Luc, XXIII, 28.
[6] Rom., XII, 2.
[7] Héb., XII, 2.
[8] I Tim., VI, 12.
[9] Apoc., XIV, 13.

SONNET SUR L'INCONNU

—

A G.-Ad. SCHWALB

POUR UN TROISIÈME ANNIVERSAIRE

—

> « En passant, et en regardant vos divinités,
> j'ai trouvé même un autel sur lequel il y a
> cette inscription : Au Dieu inconnu ! Celui donc
> que vous honorez sans le connaître, c'est Celui
> que je vous annonce. »
>
> (St-Paul devant l'Aréopage, Actes XVII, 23.)

Cette soif d'inconnu qui dévorait Athènes,
La Cité des beaux-arts, le marchepied des dieux,
Brûlait au cœur un peuple ennemi de ses chaînes,
Quand par la foi Saint Paul apaise tous les vœux.

Près de l'autel sacré, tombez, foules humaines ;
Du Portique inondez les parvis spacieux :
Vos prêtres vainement consumeront leurs peines
A déchirer le voile et découvrir les cieux.

Le bandeau s'épaissit ; la voix reste muette.
Le mystère se creuse et s'étend sur ta tête,
Homme ignorant : ta fable est sans moralité.

Mais pour nous qui croyons au Christ de l'Evangile,
Le Sphinx s'est révélé ; le mot de la Sibylle
S'est trahi.—Plus d'énigme !—« *Il est la vérité*[1] ».

                    Vallon, le 10 juillet 1863.

---

[1] Jean, XIV, 6.

LA VOIX DU CIMETIÈRE

DEUXIÈME ÉLÉGIE D'OUTRE-TOMBE

A G.-AD. SCHWALB ET A SA FAMILLE

POUR UN QUATRIÈME ANNIVERSAIRE

> *Non omnis moriar.*
> HORACE.

I

> « Que veulent dire ces pierres ? »
> (Josué, IV, 6).

« Passant, arrête... Ici repose sous la pierre
    Un humble serviteur de Dieu.
Laisse prendre à ton cœur l'accent de la prière :
    Ecoute à genoux dans ce lieu.

La mort a ses secrets, un voile impénétrable
 Qu'elle jette sur les humains.
Quand elle tient sa proie en sa serre indomptable,
 La lutte et les efforts sont vains.

Le temps a beau voler de son aîle intrépide,
 Attelant le monde à son char.
Il veille, l'ennemi dont l'antre est toujours vide [1] :
 Il faut au Sépulcre sa part.

 Ici s'éteint, dans la nuit sombre,
 Un jour, joyeux à son lever,
 Comme passe et s'enfuit une ombre,
 Comme dort la cendre au foyer.

 Ici s'étouffent les murmures
 Qui s'élèvent de tant de maux.
 Ici descendent les souillures,
 Et s'assoupissent les sanglots.

 Les preux champions de la vie
 Se heurtent au commun trépas.
 Dans leur ardeur inassouvie,
 L'impuissance a figé leur bras.

[1] Prov., XXX, 15.

II

« Fils des hommes, retournez en terre. »
(Ps. xc, 3.)

Ici ne tintent plus les clairons des batailles.
Du héros le masque est jeté.
Aux splendeurs du triomphe un glas de funérailles
Succède seul... ô vanité !

Sous un vernis impur se cachait la luxure,
Empruntant le fard de l'honneur :
Qu'elle dévore ici sa lente flétrissure !
Qu'elle se repaisse d'horreur !

Qu'il se voie à l'œil nu, l'orgueilleux, dans sa fange!
Qu'il croule sur son piédestal,
L'homme aux sentiments vils, à l'humilité d'ange,
Trompeuse comme un faux métal !

Venez, Rachels inconsolées,
Qui remplissez Rama de deuil [1];
Venez, vos âmes désolées
Se tairont au fond du cercueil.

Venez, lys froissés par l'orage,
Grâce, candeur, beauté, talents ;
Emportés dans un prompt naufrage,
Sombrez sous terre tout vivants.

Et vous, grandeurs inavouées,
Amour simple, idéale foi,
Chastes vertus, soyez vouées
Aux rigueurs de la même loi.

[1] Jérémie, XXI, 15.

III

« Parce que je vis, vous vivrez aussi. »
(Jean, xiv, 19).

Oh! qu'il serait froid, le suaire !
Que de l'argile le fardeau
Serait lourd à porter sous l'arbre funéraire,
Si par delà notre tombeau
Ne brillait, jaillissant en gerbe de lumière,
De l'espoir le royal flambeau !

En vain dans le marbre ou l'ivoire
Le ciseau sculpte un souvenir ;
Qu'en bas reliefs fameux s'incruste une mémoire,
Défiant l'obscur avenir,
Si Christ n'eût remporté l'éternelle victoire,
Tout entiers il faudrait périr [1].

[1] I Cor., XV, 12-19.

Mais, en conquérant qui s'élance
Au travers d'un sanglant sillon,
Courant sus, sans frémir devant la résistance,
Au chef même du bataillon,
Il a vaincu, domptant l'infernale puissance [1] :
La mort n'a plus son aiguillon [2].

Avec Lui la riante aurore
De vie et d'immortalité
Se dresse à l'horizon, et son éclat colore
La bienheureuse éternité.
Il vit auprès de Dieu [3] : le Séraphin l'adore,
Tout rayonnant de majesté.

Avec Lui nous bravons les âges,
Ceints d'impérissables lauriers.
Nous partageons son règne aux célestes rivages [4],
Elus par milliers de milliers [5],

[1] II Tim., I, 10.
[2] I Cor., XV, 55.
[3] Apoc., I, 18.
[4] II Tim., II, 12.
[5] Daniel VII, 10.

Et de sa pure vie, en un ciel sans nuages,
    Nous vivons, les cohéritiers [1].

    Aussi, transportés d'allégresse,
    Comme par des élans de feu,
Chantons-nous à l'envi dans une sainte ivresse :
    « Hommage à l'Agneau ! gloire à Dieu [2] !
Frère, garde le vœu qu'en partant je t'adresse !
    Viens me revoir un jour..... Adieu ! »

                Vallon, le 14 juin 1864.

----

[1] Rom., VIII, 17.
[2] Apoc., V, 13.

ÉPILOGUE

LES MORTS VONT VITE

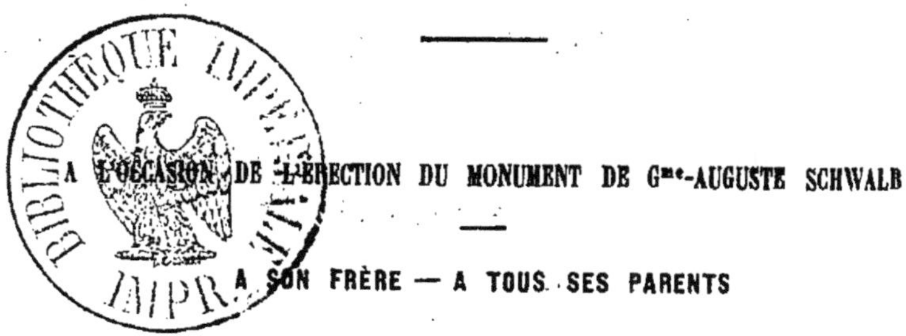

A L'OCCASION DE L'ÉRECTION DU MONUMENT DE G^{me}-AUGUSTE SCHWALB

A SON FRÈRE — A TOUS SES PARENTS

> Les morts durent bien peu, laissons-les sous la pierre !
> Hélas ! dans le cercueil ils tombent en poussière
> Moins vite qu'en nos cœurs.
> VICTOR HUGO.

> « Christ est ma vie. »
> (Phil., I, 21).

J'entends la ballade allemande
Me crier de sa rauque voix :
« Les morts vont vite ! » — Je demande
Si tout s'engloutit à la fois....

Semblable à ce Chevalier sombre
Qui parcourut monts et forêts [1],
L'homme se hâte et fuit dans l'ombre!...
Sur lui silence désormais.

Que sa cendre soit recueillie,
Et que son nom soit respecté !
Mais que son lieu même l'oublie [2] !
Meurt-on pour être regretté?

Ainsi de nos morts, ô poète,
Si ton discours n'est point menteur.
Ils durent peu dans notre tête,
Et moins encore en notre cœur !

Il est vrai que ces immortelles,
Pieux hommage déposé,
Se faneront, et qu'avec elles
Passera le chagrin usé.

[1] Don Quichotte de la Manche.
[2] Job, XII, 10.

Mais ne voit-on pas à la pierre,
Dans les tombeaux de Pompéi,
S'attacher la pariétaire [1]
Qui semble vivre d'infini ?

Ah ! quand du Seigneur la parole,
Son amour, sa grâce ici-bas
Servent au défunt d'auréole....
Ces fleurs ne se flétrissent pas !

ENVOI.

D'un architecte malhabile
Recevez les humbles tributs,
A l'ami tout paraît facile,
Même le monument... *ære perennius.*

Vallon, 22 juin 1864.

[1] Plante et fleur funéraire.

L'ANCRE BRISÉE

SOUPIR

—

A MA CHÈRE FAMILLE D'UZÈS

EN SOUVENIR DU 15 JUILLET 1857

———

> *Pendent opera interrupta.*
> VIRGILE.

De quel nom te nommer, ô fatale puissance !
Qu'on t'appelle destin, nature, Providence,
    Inexorable loi ;
Qu'on tremble sous ta main, ou bien qu'on la blasphême ;
Soumis ou révolté, qu'on te craigne ou qu'on t'aime,
    Toujours, c'est toujours toi !
                LAMARTINE.

> L'Eternel achèvera ce qui me concerne.
> Ps. CXXXVIII, 8.

Serait-ce un jeu cruel de notre destinée
Que sur nous il régnât un Esprit infécond ?
A peine aux flots la nef est-elle abandonnée
    Que son ancre se rompt !

3

C'est donc pour le briser que la main résolue
Du potier jette au moule un vase précieux ;
Et l'habile sculpteur façonne sa statue
    Pour la réduire en deux !

Eh quoi ! l'astre du jour poursuivrait sa carrière,
Courant d'un monde à l'autre exempt de changement,
Et l'homme, astre tombé, ver rampant sur la terre,
    Serait sans firmament ?

Pour lui point de lieu fixe en son pèlerinage,
Il est comme égaré dans ce vaste univers,
Et ses pas laissent moins trace de leur passage,
    Qu'un souffle sur les mers.

Et pourtant il cachait dans son âme ravie
Un brillant idéal, du ciel même envoyé ;
Mais travailleur surpris, le chariot de la vie
    En chemin l'a broyé.

Son édifice est là, gisant près des décombres.
Le fruit de son labeur demeure suspendu ;
Son impuissant génie erre parmi les ombres,
    Comme un rayon perdu.

Aigle fait pour planer au-dessus des abîmes,
Où se fût élevé ton vol audacieux,
Pascal, si le destin qui requiert ses victimes,
    Ne t'eût pris dans les Cieux?

Et toi, Chénier, martyr de la scélératesse,
Cygne aux divins accents que l'impie étouffa,
Que recélait ton front d'espoir et de jeunesse?...
    Tout n'était-il pas là?...

Et, si la mort n'avait glacé votre parole,
Plus haut, toujours plus haut fussiez-vous parvenus,
Monod, Verny, Vinet, grande et sublime école
    Des enfants de Jésus?

Mais Dieu l'a dit : « Cessez, incomplets ministères;
Oracles de l'Eglise, en silence rentrez ;
Travaux interrompus, défaillez à des frères ;
    Efforts humains, sombrez.

Voici, j'accomplirai votre tâche imparfaite,
Ouvrier après vous, moi, votre Créateur,
Qui, par excès d'amour, couronnai votre tête
    Et de gloire et d'honneur [1].

[1] Ps. VIII, 6.

A moi, de déployer ma suprême puissance
Pour mener à leur fin vos débiles travaux.
A vous, mes fils, d'attendre au Ciel la récompense
    De l'éternel repos! »

Ainsi, géant vaincu dans la poudreuse arène,
L'homme ébauche, inaugure, agit pour commencer;
Puis, quand l'ancre se brise, une main souveraine
    Reprend sans se lasser.

Courage, amis! Encor quelque temps sur la terre
A lutter, à souffrir, à semer en pleurant [1].
La moisson est ailleurs, dans un autre hémisphère...
    Crions tous : *En avant!*

Yallon, le 30 juin 1864.

VERS AU BAS D'UNE GRAVURE REPRÉSENTANT LE TOMBEAU D'ALEXANDRE VINET

Ce calme de la mort au fond d'un cimetière
Que trouble seul le vent dans l'arbre funéraire
T'apprend, mortel qui viens pleurer en ce champ clos,
Qu'en deçà de la tombe il n'est pas de repos.

Genève, 1853.

[1] Ps. CXXVI, 6.

SOUVENIR ET RENDEZ-VOUS

—

SIMPLE POÉSIE DU CŒUR

———

A M. ARTHUR MASSÉ

—

On se quitte, et bientôt les montagnes, les plaines,
  Voile d'immensité,
Séparent deux amis, mais impuissantes chaînes
  A leur fraternité !

Oh ! si j'avais, dit l'un, l'aile de la colombe,
  D'un vol audacieux
Je franchirais les airs, et comme un trait je tombe
  Haletant sous ses yeux !

— Moi, pense l'autre, si, par ce fil électrique,
     Intime messager,
Je pouvais lui glisser cette ardeur pacifique
     Dont je suis le foyer !

Hélas ! pourquoi faut-il que le champ de l'espace
     A l'homme limité,
Se mesure en deux pas, comme pour l'œil la trace
     De la Divinité ?

Pourquoi l'élan du cœur et la chaleur de l'âme,
     De loin communiqués,
Perdent-ils leur vigueur, et sont-ils une flamme
     Qui s'attise de près ?

Et pourtant, il serait si doux, après l'attente,
     De jouir du revoir !...
Seigneur, redonne-nous à l'ombre de la tente,
     Cette brise du soir !

Ami, lorsque l'horloge à des heures connues
     Sonnera mon retour,
Que le cri d'autrefois : « Soyez les bienvenues ! »
     Les salue à leur tour !

Qu'il vous souvienne alors de ce commun échange
      Où l'âme répondait,
Entretiens pleins de charme, où l'on eût dit qu'un ange
      Tous deux nous confondait!...

Puis, le soir, quand le calme et la paix de la terre
      Invitent aux repos,
Sur l'aîle de l'amour, portons notre prière
      Aux célestes échos.

Allons ensemble à Christ! Courbés devant sa face
      Et dans l'humilité,
Demandons-lui : « Seigneur, un rayon de ta grâce
      Sur notre intimité.

Au support, au pardon que toujours nous convie
      Un pieux souvenir.
Conduis-nous en tout temps aux sources de la vie :
      Aimer, prier, bénir. »

Mais si, dans des desseins qu'on ne saurait comprendre,
      Par un décret divin,
Il ne m'arrivait plus, comme jadis de prendre
      Votre main dans ma main,

En ce premier juillet que cet an nous ramène,
  Hélas ! sous d'autres cieux,
Image de celui qui reçut notre peine
  Et nos derniers adieux,

Oh ! donnons-nous du moins dans cette étroite voie
  Du sentier éternel,
Mais cette fois, le cœur tout inondé de joie,
  Un rendez-vous au Ciel !

Darmstadt, 1855.

TROIS CONSEILS EN QUATRE VERS

AIME : l'Ange du Ciel fait de l'amour sa vie.
Dieu commande l'amour avec la charité.
TRAVAILLE : le travail, c'est la félicité.
PRIE enfin : la prière élève l'âme, oh ! prie.

APPENDICE

CONSACRÉ AU SOUVENIR

DU

Pasteur Pierre-François SAUZÈDE

DE MOURIÈS

Né à Salavas (Ardèche)

Toutes choses sont à vous, soit la vie, soit la mort...
I Corinth., III, 21-22.

LES DERNIERS MOMENTS

D'UN JEUNE PASTEUR

PAR UN TÉMOIN OCULAIRE

A l'âge de vingt-cinq ans, mon frère s'est endormi au Seigneur. Le souvenir de ses derniers moments a laissé dans mon cœur une impression ineffaçable. En présence de cette mort on ne pouvait s'empêcher de dire : « Que je meure de la mort du juste et que ma fin soit semblable à la sienne ! »

Depuis douze jours, il souffrait de douleurs aiguës occasionnées par un rhumatisme, lorsque le treizième il sembla beaucoup mieux. Le médecin y fut trompé comme moi. C'était le mardi 24 mai. Ses membres déraidis avaient leur libre mouvement. La joie animait son regard, et la sérénité qui ne l'avait jamais abandonné, même au milieu des plus cruelles souffrances, épanouissait sa figure. Mais, hélas ! ce mieux fut de courte durée. Le mercredi, à une heure du matin, il se sentit plus mal et demanda à la femme qui était auprès de lui, disant qu'il voulait sa sœur. Oh ! comme je trouvai cette figure changée en peu de temps. Le rhumatisme avait gagné le cœur, et la respiration était déjà très oppressée ; mais il fallait un violent combat pour briser ces membres robustes et pour anéantir toute cette force physique.

A quatre heures, le médecin vint le voir. Il était alors un peu moins oppressé. Le médecin ordonna plusieurs remèdes et promit de revenir bientôt. Alors le sommeil, mais un sommeil qui faisait mal à voir, s'empara de lui et il dormit depuis cinq heures jusqu'à huit. A son réveil, la fièvre cérébrale agitait avec violence ses membres encore robustes. Oh ! qui dira les souffrances de ce corps luttant contre les étreintes de la mort ; mais aussi les paroles qui lui échappaient dans son délire doivent réjouir tous ceux qui l'ont connu et aimé. « Oh! me disait-il, le Ciel! Je le vois. J'y vais. Que font ces messieurs et ces dames? Est-ce qu'ils veulent venir avec moi? Vous viendrez tous, n'est-ce pas, chers amis; vous viendrez tous au Ciel! Oh! comme nous serons heureux là-haut! Pauvre père, pauvre mère, pauvres sœurs, répéta-t-il à plusieurs reprises. Nous ne nous verrons plus qu'aux cieux; mais aussi, là nous serons tous heureux. Mes chers amis, n'oubliez pas ce que je vous disais cet hiver, disait-il aux amis qui l'entouraient. Pauvres amis, comme je voudrais les voir tous! » Je lui demandai de qui il voulait parler; et voyant qu'il ne me répondait pas, je lui nommai l'un après l'autre tous ses amis de la Faculté. C'était bien de ceux-là qu'il voulait parler; car à mesure que je nommais ces messieurs, il faisait un signe de tête comme pour me dire : oui, c'est bien cela.

A onze heures, il eut un peu de relâche. Le premier et le plus fort accès de fièvre était passé. Il fut assoupi pendant quelque temps jusqu'à deux heures. Alors il parla assez longtemps aux personnes qui entouraient son lit, les pressant de se convertir et d'aller à Jésus, le refuge de tous les hommes.

A quatre heures, la fièvre se manifesta encore. Notre cher malade voulait tenir une promesse : il voulait aller voir un monsieur qu'il aimait beaucoup et auquel il avait promis une visite. Je compris par quelques mots entrecoupés qu'il aurait voulu assister le lendemain à la consécration de de M. Henri Blanc, à Marseille. A six heures, il était de nouveau calme. La mort s'avançait alors à grands pas. « Pourquoi pleures-tu, ma sœur ? » me dit-il en fixant sur moi ses yeux qui semblaient déjà voir dans l'éternité et où la mort avait tracé son empreinte. « Ne pleure pas, ma sœur chérie ; puisque tu m'aimes beaucoup, tu dois être joyeuse de ce que je vais au Ciel. On y est bien plus heureux que sur cette terre. Tu y viendras, toi aussi, et nous y serons tous. Oh ! quel bonheur ! » Et sa figure mourante prit une expression de joie indicible. Un assoupissement de quelques heures succéda à ces dernières paroles. A minuit, il balbutia encore le nom de ses parents qu'il aimait tant, et dans son agonie sembla vouloir adresser à Dieu une prière en leur faveur. Puis

sa langue resta clouée à son palais. On voyait
pourtant qu'il vivait encore à sa respiration toujours plus oppressée et à ses yeux qu'il portait
alternativement vers le ciel ou vers sa sœur. Cet
état dura jusqu'à cinq heures. Alors il fit un effort
suprême pour me dire encore quelque chose. Je
m'approchai le plus possible ; mais je ne pus rien
entendre. Je murmurai alors à son oreille le nom
de Jésus. Un sourire brilla sur son visage. Il
tourna sur moi son regard éteint. Un léger trem-
blement agita son corps. Ses yeux s'élevèrent une
dernière fois vers le ciel. Sans doute son âme, dans
ce dernier regard, avait passé de la mort à la vie.
Sa figure resta calme et souriante dans la *vallée
de l'ombre de la mort*. Oh! oui : nous pouvons
dire avec la Sainte Parole : « Bienheureux sont les
morts qui meurent au Seigneur! » (Apoc. xiv, 13.)

                            Louise S....

FRAGMENTS

D'UN

POËME EN DIX CHANTS

INTITULÉ

ROSDAMONT

ET

Composé par M. Pierre-François SAUZÈDE

Décédé Pasteur à Mouriès (Bouches-du-Rhône), le 26 mai 1864

CHANT Ier

Tout marche, tout progresse, et nos temps, enivrés
De leurs inventions, ne voient que le progrès.
Partout la main de l'homme est rendue inutile..
Partout les éléments reconnaissent nos lois.
L'homme parle : il suffit ; à sa puissante voix,
Le globe, empli d'éther, pareil à l'aigle agile,
Dirige vers le ciel son vol majestueux,

4

Et porte son seigneur, le maître de la terre,
Au-dessus de ces bords, toujours tumultueux,
Où brillent les éclairs, où gronde le tonnerre.
L'homme parle : aussitôt l'astre lui dit ses lois,
Sa grandeur, sa distance, et jusques à son poids.
L'homme parle : à sa voix, la terre transpercée
Lui prodigue ses eaux, ses riches minerais,
De la création étalant les secrets,
Et montre la matière avec ordre entassée.
L'homme parle, et soudain une étincelle part,
Un faible fil s'agite, et dans une seconde
Emporte sa pensée à l'autre bout du monde.
L'homme parle : à sa voix un grand flot de vapeur
Dans un large tuyau semble porter la vie :
Un long bras se soulève, est à son tour moteur,
Retombe, monte encor, et la foule ravie
Contemple ce géant, qui, dans son vaste sein
Recueille le secret de sa grande puissance,
Et de son Créateur remplissant le dessein,
Semble un être vivant, doué d'intelligence.
Il tourne, et sous la meule il brise le froment,
Fait mouvoir le rouet où file la matrone ;
Communique à la scie un double mouvement,
Ou du fond de son puits tire une eau qui bouillonne.
Il vole, et vingt waggons le suivent dans son cours,
Et font dans un seul jour le chemin de dix jours.
Il vole, et le vaisseau, sans attendre la brise,

Sillonne de nos mers le sein voluptueux,
Et le bateau, luttant contre une onde qu'il brise,
Remonte dans son cours un fleuve impétueux.

. . . .

. . . .

O prodiges de l'art! ô science! ô merveilles!
O nos inventions! en tout temps, en tout lieu,
Vos noms seront écrits dans toutes les mémoires.
Mais l'orgueil est souvent à côté de nos gloires;
L'homme a vu sa grandeur, et l'homme s'est cru Dieu.

. . . .

. . . .

Un seul être pouvait finir notre misère,
Cet être, c'est le Dieu que l'univers révère,
Le Fils du Tout-Puissant, Jésus le Rédempteur.
Qu'en ont fait la science, et l'orgueil, et l'envie?
Dites, peuple inconstant, dites, qui l'a prié?
Sinon par vos discours, du moins par votre vie,
Ne l'avez-vous pas tous repoussé, renié?
Etrange aveuglement, illusion fatale,
Qui nous laisse tout seuls, sans guide et sans appui.
Cependant entraîné sur la pente inégale,
L'homme marche à la mort, et le monde le suit.

. . . .

. . . .

O monde, et tu voudrais poursuivre encor ta route.
Arrête, sonde-toi. Si ton cœur enivré

Sur ton malheureux sort conserve quelque doute,
Ecoute le héros que tu m'as inspiré.
— Rêvez un homme vil, fécond en artifices,
Ayant pour toute loi, la loi de ses caprices,
N'aimant ni bien, ni mal, haïssant, détestant,
Vous aurez Rosdamont...

CHANT III

O Christ, je ne suis pas de ceux que la prière
A tes temples muets appelle à pas tremblants,
Je ne crois pas, ô Christ, à ta parole sainte;

. . . .

Je suis venu trop tard dans un monde trop vieux.
(A. de Musset. — *Rolla.*)

Notre siècle est surtout religieux en parole :
A côté du Dieu fort, son cœur a mainte idole;
Mais sa voix n'a que lui, lui partout, lui toujours.
Qu'il tire vanité de cette vaine gloire,
Sa foi n'est point vivante, et son Christ est d'ivoire,
Et ne peut inspirer que de pompeux discours.
Rosdamont le sentit. Dans son ardeur fébrile,

Il ne put supporter un Dieu qui n'agit pas,
Vit le doute rieur tomber devant ses pas,
Vit notre siècle entier courir à l'Evangile,
Vit Christ reconnu Dieu. Cependant il lutta
Contre le flot vainqueur, se roidit et douta.
« Je le sens, disait-il, tous les fils de Voltaire
Ont leur corps opprimé sous le poids d'un tombeau.
Je suis d'un autre temps ; aujourd'hui notre terre
Sans cesse psalmodie en l'honneur du Très-Haut.
Mais mon cœur s'endurcit, et je me dis encore :
Je ne puis adorer le Dieu que l'on adore.

Je ne suis pas de ceux qui depuis leur berceau
Sans aimer la vertu, cotoyèrent le vice,
Et qui croient se tirer du bord du précipice,
Si du Galiléen ils touchent le manteau.
Mon cœur a quelque temps cheminé dans leur voie :
J'allais du bien au mal promener mes dégoûts,
Mais depuis trop longtemps je ne trouve de joie
Qu'à remuer la fange attachée aux égouts.
Il me faut voir Jésus, lui consacrer mon âme,
Le porter dans mon sein, ou le fuir sans retour.
Mon cœur est un volcan où mon être s'enflamme,
Et d'où sortent bouillants et la haine et l'amour.
Je ne puis, comme vous, et croire, et ne pas croire,
Me donner au Seigneur, et me garder pour moi.
Point de division ; je suis un ; je veux boire

La coupe des dédains ou celle de la foi.
La haine me rongeait, quand vos chants m'appelèrent,
Et je me détestais moi-même ainsi que vous.
J'écoutai cependant, et mes sens m'entraînèrent;
Devant Dieu je voulus fléchir mes deux genoux.
J'aperçus tous vos yeux tournés vers le Calvaire,
J'y portai mes regards, vis le temple d'Allah,
Des ronces, des cailloux, une stérile terre,
Mais à Gethsémaneth, au sein de Golgotah,
Point de croix, point de sang et point de Magdeleine.
En vain mon esprit seul voulait peupler ce lieu.
En vain il y faisait expirer l'Homme-Dieu.
Mon œil me disait : non, et dans la même plaine,
Voyait le musulman vers la Mecque incliné,
Prier le grand Allah, par le grand Mahomet.
Et mon cœur s'endurcit, et je me dis encore :
Je ne puis adorer le Dieu que l'on adore.

Je ne m'en tins point là; je crus que mon péché,
Corrompant tous mes sens, m'avait seul empêché
De contempler Jésus, l'holaucauste efficace,
Et je courus vos rangs pour découvrir sa face :
Je m'adressai d'abord au flot de vos penseurs,
Philosophes, savants, artistes et poëtes,
Qui, comme autrefois Jean, semblaient les précurseurs
Du Christ, et comme Paul, ses divins interprètes.
Hélas! qu'offrirent-ils à mes sens alarmés?

Où donc était ce Dieu qui les avait charmés ?
Le Dieu qui purifie et lève les souillures,
Le Dieu qui meurt pour nous, le Dieu qui nous fait rois,
Le Dieu qui vient porter nos péchés sur la croix,
Ils ne l'ont point connu. Si leurs vagues murmures
Tendent à s'éclaircir pour nous parler de Lui,
S'ils veulent s'élever au céleste mystère,
On les voit quelque temps cheminer sans appui,
Lancer quelques beaux vers et regagner la terre :
Pareils au nautonier qu'un fluide aérien
Transporte dans l'espace au-dessus de la nue,
Qui, recherchant la terre et ne découvrant rien,
Jette un regard craintif sur la plage inconnue,
Sent frémir tout son corps, et détournant son vol,
Abandonne le ciel et regagne le sol.
Mais heureux cependant qui ne connut ces hommes
Que par leurs seuls écrits. Ne cherchez pas chez eux
Ce qu'ils ont affiché dans leurs livres pieux.
J'ai regardé leur vie : ils sont ce que nous sommes,
Seulement ils sont faux : nous ne le sommes pas.
Du sein de la débauche ils gourmandent le vice,
Et viennent nous prêcher, du fond du précipice,
Leur morale impuissante à diriger leurs pas.
On avait beau jadis me conter ces merveilles :
Mon cœur ne put jamais en croire mes oreilles.
Mais mon œil les suivit dehors, dans leur maison,
Et l'un d'eux poursuivait pour muse inspiratrice

Le gain, la courtisane; et l'autre, son caprice;
L'autre buvait, buvait, et noyait sa raison,
Et mon cœur s'endurcit, et je me dis encore :
Je ne puis adorer le Dieu que l'on adore.

. . . .

. . . .

CHANT X

Espère enfin, mon âme, espère.
Du doute brise le réseau.
Non, ce globe n'est pas ton père :
Le nid n'a pas créé l'oiseau.
J'en juge à l'effort de son aile
Qui s'envole aux cieux dépassant,
Pour t'engendrer, noble immortelle,
Il n'est que Dieu d'assez puissant.

BÉRANGER.

. . . .

. . . .

Frêle comme une fleur, la sensible Ophéline
Sentait son cœur brisé par chaque émotion.
Les changements divers de cette passion

La rendaient tellement et rêveuse et chagrine
Qu'on la voyait pâlir et tomber par degré.
L'amour seul paraissait la soutenir encore.
Mais, lorsque son amant rompit ce nœud sacré,
Qu'elle vit le dédain sur ses lèvres éclore,
Qu'elle eut ouï sa voix, qu'elle l'eut vu sortir,
Qu'elle eut passé la nuit dans la sollicitude,
Qu'elle eut par un des siens acquis la certitude
Que son cher Rosdamont allait bientôt partir,
Rien ne la retint plus. Chacun vit sa faiblesse.
Son vieux père en frémit, mais elle lui parla,
Lui montra ses douleurs... Elle le consola.
Elle appela la mort avec chant d'allégresse,
Et la mort l'entendit. Rosdamont cependant
Malgré tous ses projets ne put fuir son amante.
Dans son cœur se livrait une lutte sanglante,
Souvent jusqu'à sa porte il venait repentant,
Et bientôt frémissant de respect ou de honte,
Muet il s'éloignait. Mais un jour, sur le seuil,
Il vit passer, passer des figures en deuil.
Il interroge, apprend qu'elle se meurt... Il monte.
Il s'élance vers elle. Il la voit sur son lit
Luttant avec la mort, pâle et défigurée.
A ce touchant aspect il s'accuse, il pâlit.
« C'est moi, dit-il, c'est moi qui l'ai désespérée. »
Mais elle, lentement tourne vers lui ses yeux,
Se calme, veut parler : sa douce voix expire.

Elle ferme la bouche, et regardant les Cieux
Rend son âme au Seigneur dans un dernier sourire.
Chacun la voit s'éteindre, et pendant un instant,
Tout gémissement cesse ; on la fixe ; on attend.
On demeure immobile, on garde le silence.
Son vieux père s'approche... Il recule éperdu,
Et d'un ton déchirant s'écrie : « Elle n'est plus ! »
Rosdamont aussitôt vers la couche s'élance,
Tombe sur le cadavre, et semble l'implorer.
Puis on l'entend soudain prier et soupirer.
Mais bientôt il se lève ; il détourne la vue,
Et dit d'une voix ferme en même temps qu'émue :
« Vieillard, mêlons nos pleurs : je serai ton soutien,
J'ai perdu ton enfant ; je veux prendre sa place.
Le Ciel ouvre mon cœur ; cette mort fond sa glace :
En vain j'ai combattu ; je CROIS ; je suis CHRÉTIEN. »

P. SAUZÈDE.

LETTRE

Des Amis de feu P.-F. SAUZÈDE

A SA FAMILLE AFFLIGÉE

Monsieur et Madame SAUZÈDE,

Permettez aux amis affligés de votre fils, de mêler leurs larmes aux vôtres, et sans troubler votre douleur, de venir la partager. Nous ne sommes point des étrangers et vous ne trouverez pas de vaines paroles sur notre bouche. Celui que vous pleurez, nous l'aimions depuis longtemps comme un frère; nous nous sentons aussi dans le deuil; et ce n'est pas une des moins douces consolations pour les cœurs éprouvés, de pouvoir pleurer ensemble ceux qui leur sont ravis.

Mais notre douleur s'efface devant la vôtre. Notre première pensée a été pour vous, sa famille, que Dieu éprouvait encore si douloureusement, et notre première prière a été de lui demander de vous adoucir l'amertume de cette épreuve par tous les témoignages de son amour. Nous voudrions pouvoir nous réunir tous auprès de vous, et nous adresser ensemble à Celui qui fait la plaie et qui la bande, qui tue et qui fait revivre. Il nous semble que le Ciel s'ouvrirait à notre prière, et que Dieu nous montrerait vivant auprès de lui celui dont nous pleurons la perte. Oui, votre fils n'est pas mort; il vit dans le sein du père qui l'a pris à lui. Oh! puissiez-vous ainsi par la foi et dans la prière apprendre à le contempler non pas dans les ténèbres du sépulcre, mais dans la lumière de la vie éternelle où Dieu réunit tôt ou tard tous ses enfants.

Sans doute en ce moment, bien des questions assiégent nos pauvres cœurs. Nous sommes tentés de demander à Dieu compte de sa volonté. A vous, sa famille, après toute une jeunesse pleine de sacrifices, votre fils vous restait comme une récompense. Il était votre joie et votre consolation.

Nous, ses amis, nous étions liés à lui par de longues années d'études. Nous entrions en même temps dans la vie, heureux en nous consacrant à Dieu, de pouvoir compter les uns sur les autres. L'Eglise semblait avoir besoin de serviteurs jeunes et forts. Son Eglise de Mouriès réclamait surtout ses services, et les cœurs déjà s'ouvraient à sa parole.... Oh! pourquoi Dieu enlève-t-il sitôt le pasteur à son Eglise, le frère à ses amis, le fils à sa famille? Ses voies, hélas! ne sont pas les nôtres. Nos cœurs sont brisés et nos esprits confondus. Le Seigneur veut nous faire marcher par la foi dans les larmes et les ténèbres. Apprenons à répéter chaque jour avec David abreuvé d'épreuves : « Je me suis tu, ô Dieu, parce que c'est toi qui l'as fait. »

Mais, hélas! cette douleur durera plus d'un jour. Ces combats se renouvelleront bien des fois. Croyez-le, nous songeons avec une profonde sympathie aux heures de tristesse et de découragement qui vous attendent encore. Que Dieu soit avec vous dans ces heures-là. Qu'il les abrége et en adoucisse l'amertume. Les amis de votre fils penseront souvent à vous. Beaucoup de prières monteront à Dieu en votre faveur. Dieu nous exaucera et vous ferez l'expérience que s'il vous a beaucoup châtiés, il vous a encore plus aimés.

Acceptez, cher Monsieur et chère Madame Sauzède, de la part des amis de votre fils, ce faible témoignage d'une profonde sympathie chrétienne, et que le Dieu de consolations demeure avec vous éternellement !

Signés : A. SABATIER ; E. ABT ; F. JACOT ; A. DECOPPET ; E. MONBRUN ; TH. DE FÉLICE ; P. VESSON ; E. RAYROUX ; BERNARD ; L. GILARD ; E. SAINT-PAUL ; C. RODET ; D. COUSSIRAT ; H. MEYER ; DE FRONTIN ; E. SUGIER ; CALLUAUD ; A. MEISSIMILLY ; F.-H. MEYER, tous pasteurs, candidats au Saint Ministère, ou étudiants en théologie à la faculté de Montauban.

24 juin 1864.

PALMES ET COURONNE

SONNET

AUX DEUX ÉLUS

> Ils jetaient leurs couronnes devant le trône....
> Apoc. iv, 10.

O vous, venus au monde où l'on meurt pour renaître [1],
Quand on croit fermement au divin Rédempteur [2],
Frères jumeaux en Christ, dont l'esprit, dont tout l'être
Se parait de l'éclat d'un printemps dans sa fleur ;

Vous qui prîtes la Croix pour mieux servir le Maître,
Délivrant les captifs d'un servage oppresseur [3],
Et que l'on vit soudain s'affaisser, disparaître,
Comme des combattants tombés au champ d'honneur ;

[1] I Pierre, II, 23.
[2] Jean, XI, 25.
[3] Jean, VIII, 34, 36.

Elus ensemble au Ciel, joignez votre harmonie.
Rameaux entrelacés au même arbre de vie [1],
Tendez complaisamment vos palmes à l'Agneau !

Plus splendide à son front brillera la couronne ;
Plus pur sera l'encens montant au pied du trône...
— Plus de votre bonheur reluïra le flambeau !

Aug. CRÈS.

Vallon, le 20 juillet 1864.

Uzès, Imp. de H. Malige.